D0900202

Sur
la pointe
des pieds

Texte : Nadine Poirier
Illustrations : Louise-Andrée Laliberté

À mon grand Rafaël,
qui a enfin réussi à me dépasser d'une tête.
Si tu traverses le monde à pas de géant,
n'oublie pas que la taille ne se mesure pas à la
pointe de tes cheveux !
Ta petite maman xxx
Nadine

À mon fils Simon,
maintenant assez grand
pour enjamber l'océan.
Bons voyages, cher fils !
Louise-Andrée

imagine

Tous les membres de ma famille
sont des personnes exceptionnelles.
Moi, je suis Marshal, le plus petit.
Être petit, c'est très ennuyant.
S'il existait une potion magique pour grandir,
je l'avalerais sans hésiter.

Mon père est le plus rapide de la planète.
Chaque jour, il s'entraîne pour la course autour du monde.
Il traverse des montagnes colorées, des déserts soyeux,
de grands glaciers. Quelle chance il a de voyager autant !

Je refuse de manquer ça encore une fois…
J'agrippe un de ses lacets et j'escalade son gros soulier.
— Papa, emmène-moi courir avec toi !
— Tu es trop petit, mon poussin.
— Pas si petit ! dis-je en me dressant sur la pointe des pieds.
— Marshal, pour courir autour du monde, tu dois avoir
des jambes très longues et très musclées, ajoute mon père.

Je regarde d'un air triste mes petites jambes. Peine perdue.
Il n'y a pas de nouveaux muscles. Papa essaie de m'encourager :
— Sois patient, Marshal. Dans quelques années,
tu seras aussi grand que moi.
— Dans quelques années ? C'est trop long !
Papa n'entend plus. De son pas de géant, il a déjà traversé l'océan.

Déçu, je rejoins ma mère, qui fait le ménage du ciel.
Maman est si grande ! D'une main, elle replace les nuages.
De l'autre, elle brosse les rayons du soleil.
— Maman, est-ce que je peux t'aider ?
— Tu es trop petit, mon chou.

— Pas si petit ! dis-je en me dressant sur la pointe des pieds.
— Sois patient, Marshal, tes bras ne sont pas encore assez longs.

Un pinceau à la main,
elle commence à repeindre le bleu du ciel.
Le cœur lourd, je marmonne :
— Moi, je peindrais le ciel en gris !
— Tu es trop petit, mon…

Ses derniers mots se perdent dans les nuages,
mais je sais ce qu'elle allait encore me répéter…
Je voudrais tellement grandir plus vite !
J'ai beau tirer sur mes bras, ils ne s'allongent pas.
Il n'y a que le temps qui me semble de plus en plus long.

Soudain, le vent se lève. C'est mon grand-père qui souffle sur la mer.
Grand-père a des poumons énormes. Quand il inspire, son ventre
devient aussi gros qu'une montgolfière. D'un seul souffle, grand-père
fait naître des vagues gigantesques.

— Grand-père, est-ce que je peux t'aider à faire du vent ?
— Tu es trop petit, mon puceron.
— Pas si petit ! dis-je en me dressant sur la pointe des pieds.
— Sois patient, Marshal, tes poumons ne sont pas encore assez grands.
J'inspire à fond. Mon ventre se gonfle, se gonfle, se gonfle…
à peine plus gros qu'un pruneau.

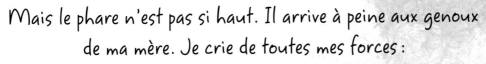

Mais le phare n'est pas si haut. Il arrive à peine aux genoux
de ma mère. Je crie de toutes mes forces :
— Je déteste cette journée ! J'ai envie de courir autour
du monde, de repeindre le ciel, de souffler comme un ouragan !
Je veux être grand comme un éléphant, un océan, une planète !

Mamaaaaaan !

Maman passe la tête à travers les nuages.
Elle a du bleu ciel sur le nez.
Je la supplie en faisant mes plus beaux yeux :
— Je veux du bleu sur mon nez, sur mes joues,
partout sur mon corps !
Prends-moi dans tes bras ! Emmène-moi là-haut, maman !
— Voyons, Marshal, tu es trop grand
pour que je te prenne dans mes bras.

— Je ne comprends plus rien, moi ! Vous me répétez tout le temps que je suis un petit poussin, un petit chou, un petit puceron !
— Ce sont des mots d'amour, me souffle maman.

Maman dépose son pinceau sur un nuage.
Elle me soulève jusqu'au ciel et m'enlace tendrement.
La tête dans les nuages, je vois grand-père
qui rapetisse, rapetisse, rapetisse, rapetisse...
Je vois papa qui traverse l'Afrique. Bizarre !
Il a la taille d'une fourmi !

Mon cri éclate comme un feu d'artifice :
— Maman ! Je suis le plus grand du monde entier !
— Oui. Tu es grand comme un éléphant, un océan, une planète !

Sa voix est si douce à mes oreilles. Et son parfum d'étoiles filantes, hum ! Elle me berce, encore et encore. Je ferme les yeux… Soudain, je sens une caresse froide et humide sur mon visage. Maman peint délicatement le bout de mon nez avec son pinceau. C'est doux et ça chatouille.

Je ne suis plus aussi pressé de grandir, je préfère m'endormir dans les bras chauds de maman, car ici, je suis Marshal, l'enfant le plus précieux de toute la planète.

**Catalogage avant publication
de Bibliothèque et Archives nationales du Québec
et Bibliothèque et Archives Canada**

Poirier, Nadine, 1965 -

Sur la pointe des pieds

(Mes premières histoires)
Pour enfants de 3 à 5 ans.

ISBN 978-2-89608-086-1

I. Laliberté, Louise-Andrée. II. Titre. III. Collection : Mes premières
histoires (Éditions Imagine).

PS8631.O372S97 2010   jC843'.6   C2010-940678-8
PS9631.O372S97 2010

Sur la pointe des pieds © Nadine Poirier / Louise-Andrée Laliberté
© Les éditions Imagine inc. 2010
Tous droits réservés
Graphisme : David Design

Dépôt légal : 2010
Bibliothèque nationale du Québec
Bibliothèque nationale du Canada

Les éditions Imagine
4446, boul. Saint-Laurent, 7ᵉ étage
Montréal (Québec) H2W 1Z5
Courriel : info@editionsimagine.com
Site Internet : www.editionsimagine.com

Tous nos livres sont imprimés au Québec.
10 9 8 7 6 5 4 3 2 1

Gouvernement du Québec – Programme de crédit d'impôt
pour l'édition de livres – Gestion SODEC

Nous reconnaissons l'aide financière du gouvernement
du Canada par l'entremise du Fonds du livre du Canada
pour nos activités d'édition.

Nous remercions le Conseil des Arts du Canada
de l'aide accordée à notre programme de publication.

Programme d'aide aux entreprises du livre et de l'édition
spécialisée de la SODEC

(15) / 60 × 8